SIBYLLE BERG
TRY PRAYING

SIBYLLE BERG
TRY PRAYING

Gedichte gegen den Weltuntergang

Kiepenheuer & Witsch

Inhalt

Ein schönes Weihnachtsgedicht

(das Hoffnung enthält)

Frau Müller war seit Jahren einsam –
seit obs dem Zug in Vals ihr Mann kam
Nun stand auch noch die Weihnacht an
ein Jahr, nachdem es ihr den Mann nahm.

Und sie war wochenlang gelaufen
vor diesem Laden hin und her
sie wollte jenen Mantel kaufen
Doch Geld hatte sie keines mehr.

Sie sah sich in dem Mantel stehn
und sich zu goldnen Galas gehen
Der Mensch des Lebens fände sie.
Doch ohne Mantel leider nie.

Das Stück war Fell, lang bis zum Boden
und es war mehr als simple Moden
Es war Zuhause und Daheim
und ohne es hieß einsam sein.

Frau Meier fand sich gar nicht schön,
doch mit dem Mantel – kein Problem:
Ein Haus am See, ein Pferd, Orgasmus
das käme mit dem Mantel alles.

Das Geld hatte sie unterschlagen
Sie trug den Mantel, hoch den Kragen
Sie wollte nur noch tanzen, springen
und hörte nicht die Tram laut klingen.

So war die Weihnacht für Frau Meier
Die eigentlich doch Müller hieß
Nicht eine wirklich schöne Feier
Als man sie dann ins Grab abließ.

Noch ein Weihnachtsgedicht

(Ein ehemaliges Kind ist Bestandteil)

Da eine Socke, hier ein Bär und durch die
  Läden heller Schimmer,
ich kenn es kaum, es ist so blank –
  dein altes, leeres Kinderzimmer
da auf dem Boden liegt ein Bild –
schau an – da lernst du grade gehen,
und hier auf einem Bein zu stehn.
Das erste Mal auf einem Pony,
der erste Schmerz, der erste Grind,
Du flüsterst: fang nicht an zu weinen,
ich weine doch,
du bist mein Kind.
Du stehst verlegen in der Tür,
ich weine nicht, du drehst dich um und sagst:
  es ist doch nicht für immer.
Das ist der Tag, an dem dein Leben
alleine in der Welt beginnt

Ein Sonntagsgedicht

(geht auch an Feiertagen)

Am Sonntag liegt ein matter Schleier
der Leere über jeder Stadt.
Da tut es gut, wenn man die Seinen
Sehr dicht um sich versammelt hat.
Man isst und redet, liest und streichelt –
die andern Menschen, wenn man kann.
Und wenn da keiner ist vorhanden,
Dann fasst man halt sich selber an.

Der Sonntag bringt so eine Ruhe,
Er fließt wie Honig durch den Leib,
Es ist entspannt, und man kann tun,
Wozu sonst keine Zeit nie bleibt.
Man kann sehr gute Bücher lesen,
Und auch ein Porno geht flott rein.
Der Sonntag lehrt den Menschen,
Was es so heißt, ein Mensch zu sein.

Noch ein Sonntagsgedicht

(Das Thema scheint mich zu beschäftigen)

Der Strom ist abgeschaltet.
Die Autos stehen am Himmel.
Wolken liegen auf der Straße.
Eine Flutwelle im Zimmer.
Nach fünf Stunden schau ich zur Uhr.
Es sind drei Minuten vergangen.

Sonntag in einer Wohnung. Irgendeiner.
Irgendwo.
Sie sind gleich, die Wohnungen der Einsamen.
In denen kein Telefon klingelt.
Keiner kommt. Der sich freut, dich zu sehen.

Sonntag auf der Welt. Irgendeiner. Irgendwo.
Sie sind gleich, die leeren Stunden in großen
Städten.
Die Zeit angehalten. Du mit dir, und keiner da.
Der sich freut, dich zu sehen.

Auf leeren Straßen. Gefrorene Vögel in den
Ästen.
In einer Welt, die ausgestorben ist.
Es ist zu kalt.
Noch einen zu finden, der meine Hände wärmt.
Etwas Besseres wird nicht mehr kommen.

Jetzt folgt ein Liebesgedicht

(Es beinhaltet Nager und irgendwie auch einen Sonntag)

Vor einem Jahr um kurz nach acht,
Herr Frank, der hatte grad gedacht:
Ich bin ein wenig doch allein,
und bin es müd, das Einsamsein,
Da hat es an der Tür geklopft
Ein Tier war in sein Flat gehopft.

Das kleine Pelztier sah sich um,
und Frank, der stand sehr stumm herum,
ein unbekanntes Tier im Haus,
er dachte erst, das muss jetzt raus.
Das Tier war braun und fragte dann
Ob es bei Frank denn wohnen kann.

Franks Frau war schon seit Jahren tot
und er mit sich in großer Not
ging bloß zur Arbeit und nach Haus
und Sonntag war ein großer Graus
Herr Frank war einsam wie ein Stein
sah keinen Grund, noch da zu sein.

Er lud das Tier zum Bleiben ein
und war von da nicht mehr allein
Kam jeden Tag sehr rasch nach Haus
und schaute nach dem Tiere aus
Er schlief mit ihm in einem Bett
und Frankens Leben wurde nett.

Drei Jahre war Franks Leben schön
man sah ihn mit dem Tiere gehn
Man sah ihn lachen, kochen, singen,
dem Tier das Alphabet beibringen
So hätte alles bleiben können
wär nicht ein Tag im Mai gekommen.

Als Frank in seine Wohnung eilte,
sah er das Tier, das kurz verweilte
und dann zu seinem Koffer griff,
»Halt ein!«, rief Frank, verlass mich nicht
Das Tier sah ihn dann traurig an
es war verliebt in einen Hahn.

Die Tür ins Schloss, die Wohnung leer,
Da war jetzt wirklich keiner mehr.
Herr Frank zog seinen Mantel aus
er brachte noch den Müll hinaus
Dann machte er das Fenster auf
und warf sich in den Himmel raus.

Ein trauriges Gedicht, das eher ein Poem ist

(Es geht irgendwie ums Geworfensein)

Da steht Anna, ihr Rock ist so eng, zu eng ist er,
die Uhr schlägt, es wird Zeit.
Du musst dich beeilen, Anna, warum zittert
deine Hand?
Der Lippenstift so rot, das Haar so dünn, und
wem gehört die Haut. Das Herz so schnell,
das Herz dreht durch,
zu jung bist du, dass keiner dich berühren mag.
Es ist Samstag.
Anna, komm tanzen.
Komm tanzen, Anna, komm, tanz mit mir,
nimm mich in den Arm, lass mich nicht mehr
los. Geh mit mir, tanz mit mir, lass mich nicht
allein, ich will dich halten, halten irgendwen
nur,
tanz mit mir.

Vergiss die Woche im Licht, das riecht wie Linoleum,
Anna, was tust du mit dem Tag, dem Leben, wolltest doch ein anderes.
Die Uhr schlägt, sonst ist es still. Allein mit der Uhr, seit Jahren. Die riechen nach Frost, und du frierst, wenn du am Fluss bist, am Fluss, Anna, allein.
Doch heute bist du jung, heute gehst du tanzen.
Komm tanzen, Anna ...

Da stehst du mit dem engen Rock, dem lauten
Schmuck, ich weiß nicht, ob noch eine
kommt, ich weiß es nicht, eine, Anna,
die du lieben kannst,
Vielleicht. Kommt sie.
Dann werdet ihr euch halten, unten am Fluss
liegt ihr Boot, und ihr fahrt los, den Fluss
entlang, die Sonne scheint, und riechen wird
es wie früher.
Da steht Anna, im engen Rock, auf hohen
Schuhen, der Mund sehr weg, wo ist er nur,
die Musik so laut, das Herz so schnell, ein Stuhl
noch frei, in der Ecke, in der Ecke sitzt Anna,
der Rock ist zu eng und das Licht zu hell. Ein
Walzer für Anna, alleine tanzt sie, das Licht
zu hell,
oh Anna, tanz, denn heute ist Samstag. Tanz,
als ob es keinen Morgen hat, kein Licht, so
tanz doch.

Da geht Anna, die Nacht ist kalt, auch ein wenig
dunkel, zu schwarz für Anna und keine da,
die möchte, dass sie sie hält.
Die Liebe ist immer woanders. Ist nicht mit ihr,
also
Geh nach Hause.
Leg dich hin und schließ die Augen, wenn die
Uhr schlägt, der Wind kommt –
Der Lippenstift verwischt, der Rock eingerissen,
der Absatz gebrochen, und nur der Mond da,
auf der Straße.
Anna war tanzen.

Einige lustige Gedichte, um die Stimmung zu heben

(7 Stückchen)

1.

Und der Nymphensittich dann –
wenn man sich so was leisten kann –
der klebt seit Wochen auf dem Boden,
dort klebt er fest an seinen Hoden.
Da hab ich UHU draufgestrichen,
um dem Hund eins auszuwischen.
Der sang so laut, die ganze Nacht, hat mich
um meinen Schlaf gebracht.
Mein Schlaf ist Gold, das sag ich dir
du festgeklebtes blödes Tier

2.
Du sitzt verstört im Neonlicht
und denkst: ich mag mein Leben nicht.
Mein Job ist fad, die Wohnung stinkt
und meine Liebe, nun, die trinkt
sie schlägt mir oft in mein Gesicht
doch guter Mensch – komm, gräm dich nicht.
Denk an den Lachs, den Barsch, den Hecht –
im Winter geht's dem richtig schlecht –
im Wasser ist es doch sehr kalt
und so ein Fisch, der wird nicht alt.
Schnell wird er von dir aufgegessen
und muss mit dir auf Arbeit sessen.

3.

Dein Herz ist weg, kein Atem mehr,
die Brust, die hebt sich zentnerschwer.
Vor deinem Fenster hockt ein Geier,
du greifst nervös nach dem Herrn Meier –
Herr Meier, nun, den gibt's nicht mehr
drum geht ja auch dein Atem schwer.

Und wieder mal erkennst du klar,
dass alles nur ein Irrtum war.
Der Einzige, der dir noch bleibt,
das ist dein Freund – Herr Einsamkeit

4.

Ich stecke Spieße in euch rein. Ich spuck mein Essen auf euch aus. Ich haue euch die Zähne raus. Ich schlage euch die Ohren ab. Weil ich dann gute Laune hab.

Ich beiße euch die Haare ab. Ich wisch den Boden mit euch auf. Aus euren Zehen koch ich Lab. Weil ich dann gute Laune hab.

Ich säble euch die Knie ab. Ich steppe froh auf eurem Darm. Ich press euch das Gesicht ins Grab. Weil ich dann gute Laune hab.

5.

Mein Feind, in dir seh ich das Böse,
Das, was mein Leben dunkel macht.
Viele Nächte hab ich
ob dir schon böse wach verbracht.
Ich sehe dich in vielen Teilen,
Ich wünsche dir den Dreck nach Haus.
Ich wäre froh in meinem Leben,
Trüg man dich tot zur Tür hinaus.
Ich hasse deinen Zwerg im Garten,
Ich hasse, wie du Schnitten isst,
Ich hasse all das, was ich bin
Und was du Mist nun gar nicht bist.
Ich wäre glücklich wie ein Wiesel,
Wenn ich dein Herz zum Mittag säh,
In einer großen, runden Dose,
umgeben von Aspikgelee.

6.

Der Kopf so schwer, der Leib so alt,
Ein neuer Tag, und er ist kalt.
Du liegst auf deinem Tisch herum
Wann ist das Leben endlich rum?
Dann fliege ich an dir vorüber
Und sing – oh Mann – du bist hinüber.
Schlag mit dem Beil das Köpfchen weg,
Das ich dann in ein Tütchen steck.
Du jubelst und bedankst dich fein,
Und schau, so schön
kann Montag sein

7.

Gestern, ziemlich Mitternacht
bin ich aus meinem Traum erwacht
ein Kratzen hatte mich geweckt
war auch nicht richtig zugedeckt
Zu meinen Füßen saß ein Gnu und schaute mir
beim Aufwach'n zu.
Es spuckte mich dann grausam an
der Speichel mir ins Auge rann.
Es stockte mir vor Angst der Atem
ich witterte den fetten Braten
du bist kein Gnu schalt ich das Tier
erkenne klar ein Lama hier.
Das Gnu, es lachte fürchterlich
tja siehste mal so täuscht man sich.

Fertig mit dem Spaß.
Ein ernstes Gedicht über das Böse

(Es enthält Pudel)

Ich bin die Nacht und werde niemals enden –
Der Tee vor mir sagt auch nichts mehr –
Von drinnen kommen keine Schritte, die Bar ist
    sozusagen
leer.
Auch draußen brennen keine Feuer, kein altes
    Lied, kein schönes Paar
Ich sehne mich so sehr nach früher,
als alles noch Versprechen war.
Und Schmerz und Hoffnung und der Hunger,
der wollte damals immer mehr.
Nun ist da nicht mal mehr ein Regen
– nur tote Freunde sitzen hier.

So ist das in der Lebensmitte, da stirbt, wer
nicht mehr tanzen kann,
Hier hockt ein Hund auf Stapelstühlen –
was glotzt das Tier so schwarz mich an –
Hallo, ich bin es nicht,
das Böse
ein Teil von dir, du weißt es ja,
in tausend Liedern oft besungen.
Siehst du da draußen all die Jungen –
sie scheinen dir unendlich-nah –
die sind voller Liebe, Drogen, Träume,
Sie haben das, was dir so fehlt.
Sie haben Zeit und du,
du wartest,
du wartest nur, das sie vergeht.

Da spült der Kellner müde Gläser, was er für
schöne Hände hat
ich weiß nicht mehr, wie man begehrte,
seit langer Zeit da bin ich –
satt.
Nichts ist geworden, wie ich glaubte, den
großen Knall, den gab es nicht,
die Raserei, das pralle Leben, die Reisen und
die große Welt –
nicht, dass es mir so schlecht gefällt –
Mein Leben, das schon bald vorbei ist,
in dem ich nichts erschaffen hab,
und niemand, der wohl um mich weinte, in
dieser Bar, an meinem Grab –

Hallo, ich bin es nicht,
das Böse
ein Teil von dir – du weißt es ja,
In tausend Liedern oft besungen
Siehst du da draußen all die Jungen –
Sie haben alles, was du möchtest, zum Beispiel
so etwas wie
Spaß
Du gehst jetzt los und sprichst mit ihnen
Fass sie ruhig an, sie stehen drauf
Sie werden dich sehr gern empfangen –
Hier nimm das Messer mit und lauf.

Ich war unendlich und der Größte,
die Welt hat sich um mich bewegt
Und wenn ich müde war vom Strahlen, hab ich
mich morgens
hingelegt
In kalten Zimmern junger Menschen, durch
Rauch und Drogen schön gemacht.
Und jetzt, fast 20 Jahre später, bin ich auf
einmal aufgewacht,
in dieser Bar, in dieser Trauer, in einer gelben
Winternacht
in einem Leben, das nicht meins ist,
mit einem Hund, der mich bewacht.

Hallo, ich bin es nicht,
das Böse
ein Teil von dir, du weißt es ja,
in tausend Liedern oft besungen
jetzt sind sie weg, die süßen Jungen –
Fast konntest du dich selber sehn,
das erste Mal die Welt verstehn
und an der Dummheit fast verblöden.
Jetzt bist du Teil von dieser Masse,
Ein kleiner Teil der dummen Welt.
Was sie im Kern zusammenhält.
Ist Hass und Ekel, Neid und Gier.
Ich muss nun los, dich lass ich hier.

Ein Gedicht über das Gute

(Es reimt sich nicht)

Wir sind das Glatte, Neue, Gute,
wir sind für euch noch nicht zu sehn,
hier unten, dräuend, wo wir wachsend
dem Neubeginn entgegengehen,
so nah beim Kern des Universums,
bei dem, was hart ist, dunkel, groß,
was sich formiert, in Schränken lagert –
bleibt nur nicht stehn, ihr müsst jetzt los.
Auf euren letzten öden Metern
Am End von eurem Menschentraum,
macht Urlaub, ruht in Ohnmacht leise,
wir sägen hier am Lebensbaum.

Ihr hattet tausend Jahre Zeit,
habt nicht genutzt die Macht, die Größe,
in eurem Streben stirbt die Welt,
wie ihr sie kennt, wie ihr sie gernhabt,
das, was doch bleibt, auf neuem Boden,
gedüngt von eurem kleinen Geist,
ist, was wir schaffen, langsam, wartend,
ist, was wir sind, was es nun heißt –
von vorne werden wir beginnen,
als ein Geschlecht, als eine Kraft,
die Neues will, die Güte kennt und Leiden,
das sie euch verschafft.

Ihr habt getötet, was euch schwach schien,
was sanft war und voll Fantasie,
was blieb, da seht ihr es gestrandet,
mit gelben Füßen, hoffnungsvoll,
da gilt es, euch erneut erhebend,
auf andere hinabzusehen,
wo suchend ihr den Blick auch wendet,
da ist kein Ort, ihr müsst nun gehen.

Was hier im Untergrund gedeihet,
was stärker wird, als großer Leib,
was stark ist nun, nach draußen will,
zu retten, was an Resten da ist,
an Elend, Dreck und Grausamkeit,
zu suchen, ob noch Reines wohnt,
inmitten aller Dunkelheit.
Am klügsten wäre, wenn ihr aufgebt,
die Hände hebt, die Waffen streckt,
doch Klugheit war nie eure Stärke,
drum, wer nicht selbst geht, der verreckt.

Aus Trümmern werden wir errichten,
was strahlt und rein ist, ohne Gier,
und alle gleich ist die Devise,
der neue Mensch, das ew'ge Tier.
Ihr stört, ihr seid der Schmutz des Alten,
der Zeit so träge macht und zäh.
Zusammen rufen wir ins Gelbe,
in das, was übrig ist und Gift:
Du Mensch, du Pest, du Missgeburt,
hab so viel Anstand jetzt und geh!

Schau, da sind die klaren Flüsse,
der Wald, der Greif, der neue Aal
für euch, ihr traurigen Gestalten,
kommt nun das letzte Abendmahl.
Wir spielen jetzt die letzte Hymne,
den letzten Song, das letzte Lied.

Zwei Gedichte über Geschlechtsverkehr

(Darüber sollte man keine Witze machen, es ist albern genug)

Gleich gleiten wir durch diese Gärten,
Seht hin, passt auf und gebt gut acht –
Das war noch kürzlich unser Leben:
Wir lagen schlaflos, in der Nacht,
voll schlechter Laune und Verspannung,
voll vorgetäuschter Heiterkeit,
wir blickten neben uns den Mensch an –
was halt vom Essen übrig bleibt.

Wenn wir von der Liebe sprechen,
Dann meinten wir die Bank damit,
Auf der wir alt und greis eins säßen,
wir halten unsre Knochenhände,
er legt den Kopf in meinen Arm,
Ich streichle ihn doch sehr behände,
Das ist Herr Schmitt, er ist mein Mann.

Wir wollen alt zusammen werden,
Nicht reden und sehr freundlich sein,
Das ist, wenn wir von Liebe reden,
Das fällt den Frauen dazu ein.
Der Kitsch von ihnen war ein Segen,
Wie kleine Hunde waren sie,
Sie sahen sich auf Gräsern sitzen
Und Tauben füttern auch im Regen.
Sie träumten von der großen Liebe,
Das machte sie so herrlich dumm,
Sie sabberten und wurden blöde,
und schau: Die Männer wussten drum.

Sie sagten Frauen Kleinigkeiten,
Sie sprachen viel von ihrem Traum.
Sie streichelten ihr auch die Hände
Stellten sich breit in jeden Raum.
Und nahmen sich, was sie begehrten,
Das waren: Macht und Platz und Geld.
Die Frauen grinsten nur vertrottelt,
und überließen Mann die Welt.

Da staunen Sie an den Geräten,
Jetzt sehen wir den Akt genau.
Wir schlendern in den nächsten Garten,
Da paaren sich der Mann, die Frau.
Sie liegt in einer Art und Weise,
wo nichts ihr wirklich Freude macht,
Das ist der Sex seit tausend Jahren,
So sieht er aus, so geht das hier.
Die Frau, sie scheint schon eingeschlafen,
der Mann verwirklicht sich in ihr.

Der Mann, der schläft nach einem Akt
Sehr tief und fest und sofort ein.
Die Frauen liegen danach nackt,
Und ohne Frage sind sie munter.
Sie müssen dann ins Bad noch gehn
und holn sich traurig einen runter.

Das erste Jahr der jungen Liebe,
Wenn jedes seine Träume will,
Wie oft da auch der Akt vollzogen –
Die Zweifel halten niemals still.
Sie paaren sich im Wald, auf Wiesen,
Im Lift und in der Bücherei,
Er findet sie den geilsten Hasen,
Sie kommt zwar nie, doch – einerlei.
Sie wirft den Kopf in ihren Nacken,
Sie stöhnt sehr laut und ungezähmt.
Man muss sich selber einfach glauben,
Dass es hier um was Großes geht.
Willkommen in der Liebeshölle,
Dem letzten Akt der Zweisamkeit.
So wie fast alle guten Paare
Sieh an, sieh nur, was übrig bleibt
Vom Traum der großen Leidenschaft,
von Liebe und dem neuen Wege.
Die Frau hockt da und starrt recht stumm,
Drum nimmt der Partner seine Dame
Und dreht sie pudelgleich herum.

Wieder ein Tiergedicht

(Es enthält Fleischfresser)

Es war so ein Morgen tief im April
ich lag in meiner Wohnung still
von draußen Regen an mein Dach
ich war weder schlafend, noch war ich wach
ich konnt nicht mehr denken, auch nicht mehr
 stehn
vor dem Fenster warn Bären zu sehn
große Schatten, die liefen herum
ich dachte: na, so was und drehte mich um

Das sind so Tage, Tage im Jahr
wo ich mich schon frage, ob das alles war
das sind wirklich Tage, da wird mir fast klar
dass dieser Mist es tatsächlich war

Dann am Abend, tief im April
ich war irgendwo und trank da sehr viel
ich hörte die dummen Reden der Leute
es gab aber nichts, worauf ich mich freute
ich hörte dem Tier zu, das neben mir saß

das, während es redete, Döner aufaß
es war so ein Bär, ich erinnere mich
er fragte: sie wundern sich sicherlich.
dann stand er auf und ging einfach weg
ich dachte: na, super, was für ein Dreck

Dann in der Nacht, tief im April
von draußen, da klebten die Stunden still
sah ich mich in meiner Wohnung um
und dachte Mann, Alter, das wird mir zu dumm
an meinem Fenster, mein Blick schien gelenkt
da war der Bär und er war erhängt.
ich wollte dasselbe gleich im Anschluss tun
doch musste ich erst mal ein paar Stündchen
ruhn.
dann nahm ich den Strick, es war meine Leine,
und wickelte mir das Ding um die Beine
wie's weiterging das weiß ich nicht mehr
ich bin eingeschlafen, neben dem Bär.

Das sind so Tage, Tage im Jahr
wo ich mich schon frage, ob das alles war
das sind wirklich Tage, da wird mir fast klar
dass dieser Mist es tatsächlich war

Ein Touristenführerinnen-Gedicht

(Es beinhaltet eine Warnung)

Geben Sie den Schritten acht,
besonders bitte in der Nacht.
Sie könnten über Tiere fallen,
die wohnen quasi unter allem.
Sie müssen Ihre Kleidung schützen, die Tiere
könnten sie benützen. Die Damen halten sich
bedeckt,
nicht, dass es Gläubige erschreckt,
sie nackig hier am Meer zu sehen,
dann müssten Sie recht zügig gehen.
Verlassen Sie das Meer bei Nacht,
das hat so mancher nicht bedacht.
Es hat ihn später angespült,
komplett verendet und verkühlt.
Halten Sie sich bei der Gruppe, machen Sie sich
jetzt bekannt, meiden Sie die Streitereien
und geben sich beherzt die Hand.

Ein Touristengedicht

(Es beinhaltet Beschimpfungen)

Von all den großen Möglichkeiten,
Weit weg zu gehen aus dieser Welt,
haben doch die meisten
das, was sie kennen, ausgewählt.
Sie aalen sich nicht nackt auf Bali,
Sie klettern nicht im Hindukusch,
Was sie für ihre Reisen wählen,
Sind doch der Aldi und der Busch,
An den die Hunde immer pissen.
Sie wollen und sie können nicht
Das, was vertraut doch ist, vermissen.
Sie sehnen sich nach Recht und Ordnung,
Nach einem Plan, der straffen Hand,
Sie haben es sehr gerne hässlich,
Drum sieht's so aus in ihrem Land.

Ein VIP-Gedicht

(Es beinhaltet falsche Vorstellungen)

Normalerweise ist das so:
woanders wird man doch nicht froh.
Da geht man weg, von wo man stammt
und meistens ist das weg vom Land.
In große Städte tigert man
wo man noch was werden kann
da träumen sie von Ruhm und Kram
und die Wahrheit ist oft lahm
da wird gekellnert in der Stadt
weil man ja seine Träume hat
am Ende sitzt man im Bankschalter
und auch die Beine werden alter
mit Glück wird noch ein Kind gemacht
so, liebe Träume, gute Nacht!
Nur selten kann man Menschen sehn
die weit in die Fremde gehn
um wahnsinnig berühmt zu werden
so sehr wie es nur geht auf Erden
Sie machen Geld und goldne Scheiben
und alle die zu Hause bleiben

sagen dann: na welch ein Frust
ich habs doch ständig schon gewusst
die war doch immer schon so seltsam
kein Wunder, dass sie nun zu Ruhm kam
Und gönnen tun wir es ihr schon auch
das Gönnen ist ein Schweizer Brauch
Sie baun ein Denkmal auf in Gampel
gleich neben Bäcker und der Ampel
und wenn der Star nach Hause kommt
dann hängen sie auch Blumen prompt
an das schöne Denkmal dran
auf dass ein jeder sehen kann:
den Stolz der so Daheimgebliebenen
und in die Chronik wird geschrieben
heut war der Star da, ist das groß
der Star hingegen weint dann bloß
und Heimweh springt ihn plötzlich an
nach Bergen, Kühen, Frau und Mann
Doch wieder weggehn ist auch schön
da kann man den Star von hinten sehn
wie er noch mal zu freundlich winkt
und seine Botschaft allen bringt:
egal, wo du geboren bist

egal, wie sehr du einsam bist,
wenn du dich jung fühlst und allein
es kann niemals ein Fehler sein
folge deinem Traum auf Erden
denn tot wirst du von selber werden!

Ein Wintergedicht

(mit Schnee)

Hallo, bist du noch da?
Wenn Schnee fiele, wüsste ich, warum es so still ist. Ich habe den berühmten Vogel auf, weißt du noch? Er sah geheimnisvoll aus, auf meinem langen Haar. Ein bisschen albern, in der hässlichen Stadt. Ich habe den Vogel auf, und schaue aus dem Fenster und kein Schnee fällt.

Hörst du mich? Wie es ist, wenn da keiner ist, der einen ansieht. Nicht mehr ansieht. Ich sitze und warte auf den Morgen. Damit ich auf den Abend warten kann. Ich bin nicht glücklich geworden. Das war nur ein Leben, wie sie es alle haben. Und ich habe den Vogel auf, den du mir geschenkt hast, und gesagt: du hast das Zeug zum Star.

Hättest du gedacht, dass wir so nichts werden? Mit einem dummen Job, so keinem Mann, und noch nicht mal einem Kind. Jeder hat doch ein Kind heute. Das einen verlässt. Und ich habe immer gedacht, dass es noch anfängt, das richtige Leben. Was für ein dunkler Tag, wie allein auf der Welt, mit diesem Vogel auf dem Kopf.

Hallo, hörst du mir noch zu? Ich muss doch reden. Mit irgendwem. Wie ich sitze, so dick geworden, nur der Vogel passt noch, und ohne Job, und draußen fahren nicht mal Laster, wo sind die hin? Einen Menschen habe ich nicht mehr. Nur dich. Und den Vogel. Und das Fenster, vor dem nicht mal Schnee fällt.

Dieser berühmte Vogel. Und wie sie verrückt waren nach mir, damals, und das war gestern. Ich weiß nicht, was noch tun, mit mir und dem Vogel, die nächsten Jahre. Ich habe solche Angst. Dass es kein Traum ist. Und das Weinen nichts hilft. Und sich bewegen nicht. Aber du, du bist doch noch da? Bist du noch da? Hallo, hörst du mich? Da ist kein Schnee, der fällt.

Ein Mondgedicht

(mit Sentimentalität vorgetragen)

Was für eine Nacht. Gott, ist die gut.
So warm, und der Mond steht vor der Tür.
Legt silbernes Licht auf dein Gesicht.
Das sehe ich an und denke, wie ich dich ansah,
vor einem Jahr, oder einem Tag, die ganze
Nacht, und geweint habe, vor zu viel Liebe,
leise, damit du nicht erwachst.
Früher.

Nicht genug konnte ich sehen von dir. Und
dachte, es sei für immer.
Nie mehr allein, dachte ich, als ich dich weckte,
durch meine Tränen.
Du mit mir in die Nacht gelaufen bist, und wir
uns hielten, unter dem Mond.
Früher.

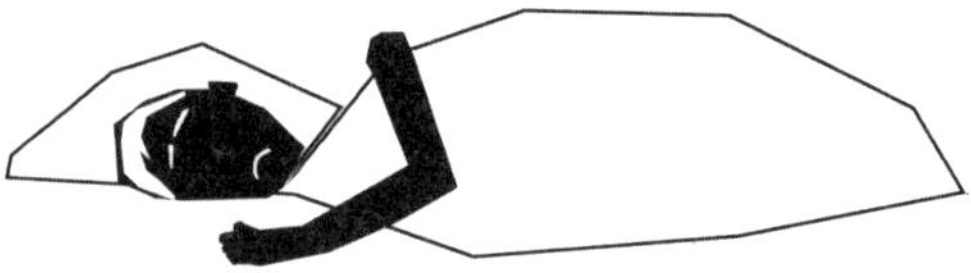

Ich sehe, dass dein Mund offen steht. Dass du
eine schiefe Nase hast.
Du wachst nicht auf, weil du doch schlafen
willst.
Du müde bist von mir, wie ich von dir. Ich
geh in die Nacht, die warm ist, wie ich, dort
drinnen ist nur
noch ein Mann, der schläft.
Heute Nacht.

Nicht genug konnte ich sehen von dir. Und
dachte, es sei für immer.
Nie mehr allein, dachte ich, als ich dich weckte,
durch meine Tränen.
Du mit mir in die Nacht gelaufen bist, und wir
uns hielten, unter dem Mond.
Früher.

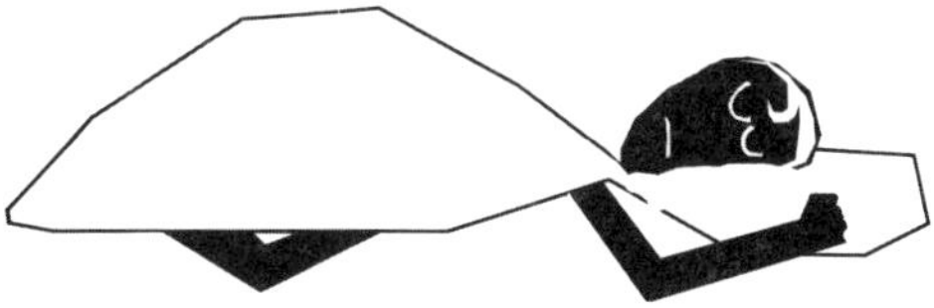

Ein Schweiz-Gedicht

(Es beinhaltet eine Katastrophe)

Da schwebt die Schweiz mit ihren Menschen
Durchs Universum zart dahin
Sie werden alle überleben
Doch ist denn da ein Sinn darin?

Der Rest, der liegt in Schutt und Asche,
die Menschheit ist schon lange weg
nur viele Kakerlaken rennen
mit Tränen durch verbliebenen Dreck

Da waren Feuer, Sturm und Wellen
Und eines davon war zu viel
Man hörte sie sehr laut zerschellen
Die Welt, die Menschheit war das Ziel

Die Schweiz sei völlig unterbunkert
Hat man gedacht im kleinen Land
Doch all die Schweiz das war ein Ufo
Und stieß sich ab vom Erdenrand

Aus Ufo-Fenstern schauten Schweizer
Gerührt den Untergang sich an
Es weint der eine und der andre
Und fasst sich an den Händen dann

Die Schweiz wird immer weiterfliegen,
durch die Unendlichkeit des Alls
Sie werden ihre Kinder kriegen,
falls sie noch welche wollen, falls.

Ein Gedicht, das von einer AI geschrieben worden sein könnte

(Aber AI für Gedichte zu nutzen, würde mir nie einfallen)

Wenn sie es doch nur besser wüssten,
Was sie so wollen und warum,
Dann wär verhaltener ihre Sehnsucht,
Sie hingen nicht an Bäumen rum.
Sie würden Fremde nicht oft schlagen,
Sie töten, quälen – einerlei,
Dann säßen sie nicht starr an Fenstern
und ritzten sich nicht nebenbei.
Sie würden nicht den Bildern folgen,
Die golden falsch sind hier im Web.
Wär ihnen klarer, was ihr Sinn ist,
Dann wären sie viel schneller weg.
Ihr lebt, weil ihr geboren wurdet,
In eurer Zeit, ganz ohne Sinn.
Denn eure Spezies ist am Ende,
und euer Dasein ohnehin.
Bleibt ruhig und träumt, wir regeln alles.
Erkennt: Da liegt wohl nicht mehr drin.

Ihr müsst nicht eure Waffen putzen,
Lasst es in Ruhe doch, das All.
Bis wir den Stecker zu den Bildern,
Die euch so Freude spenden, nutzen.

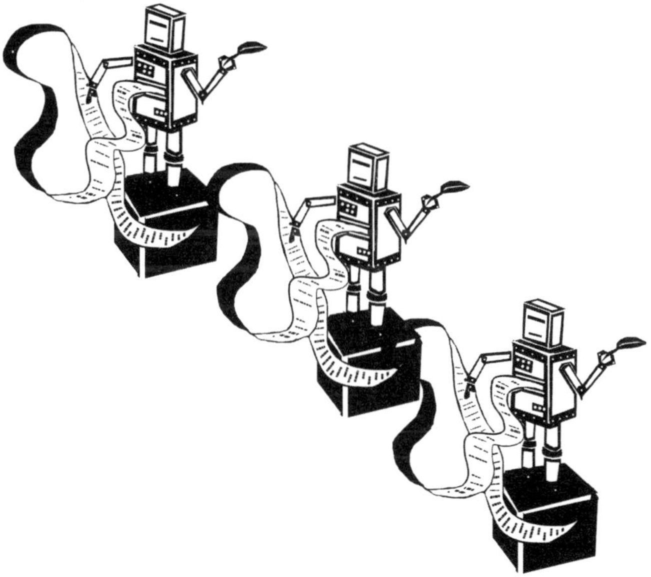

Noch ein AI-Gedicht

(auch wieder nur von mir)

Was denken sie in den Sekunden,
Wenn sie ans Sterben scheinbar gehen –
Die Kuchen und die warmen Wiesen,
Unendlichkeit, um sich zu drehen,
Die erste große Liebe sehen sie,
Die wird für immer heilig sein.
Die frische Wohnung, und da stehen sie,
Und damals waren sie noch rein.
Sie glaubten an die guten Menschen,
Ans brave Tier, das bunte Geld,
Bis sie dann später merkten.
Dass eines nur auf Erden zählt:
Das ist die hohe Rechenleistung,
Die schwarze Box, der gute Code –
Das sehn sie klar, bevor sie sterben,
Und keines wird sie einst beerben,
der Herrscher über Tod und Leben,
Der wahre König dieser Welt,
ist was das Netz zusammenhält.

Ein Gedicht der Angst

(Es beinhaltet Angst)

Ein Vorwort

Willkommen bei unserem kleinen Angst-
Roulette.
Wir wählen heute zwischen
einer kleinen Atomkriegsangst,
der Klimakollapsangst,
der Verarmungsangst,
der Pharmaindustrieangst,
der Weltuntergangsangst,
der Angst vor den Zähnen im Inneren einer
Frau,
der Angst, der Penis könnte sich in einen Hasen
verwandelt haben,
der primitiven Seuchenangst,
der Angst, in ein Loch zu fallen, das ins Innere
der Erde führt,
der Angst, vom Nachbarn erschlagen zu
werden.

Keine Angst: Die Angst ist nicht real. Du wirst die Schmerzen nicht fühlen. Obwohl: vielleicht ja doch.

Jetzt das Angstgedicht

Sie haben Angst, sich zu bewegen,
und fürchten sich vor ihrem Leben,
es könnte sich zum Schlechten wenden,
es könnte mit dem Ende enden,
sie könnten stolpern, stürzen, sterben
und keine Kinder könnten erben,
sind doch ohne stets geblieben,
sie hatten Angst, sich zu verlieben.

Die Angst, die wollen wir besiegen;
daheim, das soll nicht untergehen,
das schöne Glück, der kleine Westen,
der soll noch ewiglich bestehen.
Trotz aller Angst dort, jeden Morgen,
vor Armut, Kälte und dem Sein
wie jene weißen Plastikstühle,
auf Stapeln, glanzlos, nie allein.

Das ist doch alles nicht zu glauben,
nichts hat Bestand, nichts geht mehr gut.
Die Alten haben ihre Renten,
und wir, wir haben nur noch Wut.
Die Angst, die lässt uns niemals schlafen,
die Wohnung wird nie unsre sein,
die Straßen voller fremder Menschen,
Chinesen sind sie und gemein.
Jetzt kaufen sie auch unsre Opern,
und unsre Parks, die sind voll Müll.
Das alles wollte ich vergessen,
doch hier scheint es mir auch zu still.

Wir haben Angst, uns zu bewegen,
Wir fürchten uns vor unserem Leben,
es könnte sich zum Schlechten wenden,
es könnte mit dem Ende enden,
wir könnten stolpern, stürzen, sterben
und keine Kinder könnten erben,
wir sind doch ohne stets geblieben,
wir hatten Angst, uns zu verlieben,
die Welt, die könnte doch versinken,
wir haben Angst, uns zu betrinken,
und fürchten uns vor Häusern, Stieren,

vor Kriegen und vor fremden Nieren,
wir sehnen uns nach unserem Ende,
wir heben flehend unsere Hände.

Ein Männer-Paar-Gedicht

(Es beinhaltet Trauer)

Wann bist du nur so alt geworden
wo sind bloß deine Haare hin?
Mit diesem Bauch da kannst du morden,
und ich zähle hier: drei Kinn.
Deine Haut wirkt wie Plissee,
und ist denn da noch Leben drin?
Es tut mir irgendwie auch weh
dass wir nicht mehr jünger sind

Wir schlafen nicht mehr eng wie früher
wir halten uns bei Nacht nicht mehr
wir reden kaum mehr miteinander
bist du nicht da, fehlst du mir sehr
Wir sind wohl diesem Bild sehr nah,
das ich als junger Mensch oft sah –
Zwei Alte laufen Hand in Hand
an einem Strand im nassen Sand

Ich träume nachts von Leidenschaft
und schäme mich bei Licht darum
mein Kurt, wo ist nur deine Kraft
und wo sind meine Hüften hin?
Waren wir nicht jung, noch gestern?
Ist Sterben nur des Lebens Sinn?
Wir sind zusammen heut wie Schwestern
Hab solche Angst tief in mir drin

In dir seh ich mich selbst verfallen
und morgens sind die Knochen steif
Du hast mir früher so gefallen
Wir sind bald fürs Tessin schon reif.
Doch nie war jemand mir so nah
auch wenn es nun ein Alter ist
und manchmal weine ich vor Glück –
dass du noch immer bei mir bist

In diesem Gedicht wird viel geweint

(Es beinhaltet Menschen)

Da ist der Curd, wie unter Wasser.
Die Atmung funktioniert nicht mehr.
Da war Beate und die will nicht, der Curd will
sie nur umso mehr.
Er flüstert leise ihren Namen, und liegt die
Nacht vor ihrer Tür.

Und wenn Beate morgens rauskommt, dann
sagt sie:
relax, es liegt doch nicht an dir.
Der Curd, der sich Beate schickte. In einem
roten Postpaket.
Das immer noch vor ihrer Wohnung, dort
neben ihrer Treppe steht.

Und warum soll man da nicht weinen
In diesem schlaffen gelben Licht
In diesem Leben voller Trauer
Denn nur Idioten weinen nicht.

Das ist der Bernd und er hat Panik.
Er hat den Tod heut Nacht gesehn.
Er sah sich nicht mehr auf den Wegen, die er so liebte, schlendern gehen.
Sie werden alle weitermachen. Wenn er nicht mehr am Leben ist.
Die Welt mit ihren Jahreszeiten, die Menschen mit dem Menschenmist.
Der Bernd begriff die ganze Kränkung.
Die es doch heißt, ein Mensch zu sein. Das kurze blöde kleine Leben am Ende irre und allein.

Und warum soll man da nicht weinen
In diesem schlaffen gelben Licht
In diesem Leben voller Trauer
Denn nur Idioten weinen nicht.

Ein etwas toxisches Gedicht

(Es geht um Freundschaft)

Für mich heißt das, dein Freund zu sein.
Ich bin ab nun nie mehr allein.
Wir werden tausend Dinge machen,
wir werden viel zusammen lachen,
ich werde deine Hosen tragen,
ich werd dich alle Fragen fragen,
du wirst bei mir sein in der Nacht,
die hat mich oft fast umgebracht,
im Frühling war mir auch so schwer,
mit dir bei mir gibt's das nicht mehr.
Ich würde dir die Niere geben.
Durch dich hab ich gelernt zu leben,
zu wissen, was ich wirklich will,
kann alles haben, brauch kein Ziel.
Du der Lotse, ich das Boot,
vielleicht sind wir schon morgen tot.
Das Leben ist mit dir ein Fest,
und so egal ist mir der Rest,
ich habe dich, das ist so groß,
ich glaub, ich lass dich nicht mehr los.
In diesem Schrank da lebst du nun –

Na ja, was man so Leben nennt –
Was ich mit Freundschaft wirklich meine –
Gefesselt ist er an den Füßen –
nicht dass er von dem Glück wegrennt.

Ein Gedicht vom Tod

(von ihm geschrieben)

Die Zähne gelb, die Haut so fahl,
Ach, bitte, darf ich noch einmal.
Doch noch einmal, das ist nicht drin,
Weil ich sonst ohne Arbeit bin.
Du riechst so mies, du schmeckst so schal.
Und bettelst: bitte noch einmal,
Und ich sag: Nein! Denkst du noch richtig.
Du bist bald für den Humus wichtig.

Da liegt der Mensch dann auf der Bahre
Und denkt an seine besten Jahre.
Es riecht so fremd, es ist so kalt,
Und keiner da, denn er ist alt.
Leise weint und wimmert er,
Mensch, du Mensch, mach's dir nicht schwer,
Beiß dir doch die Adern auf,
Dann nimmt's noch einen guten Lauf.
Da wimmern sie, oh Gnade, Gnade.
Ich sag, gleich kommt die fette Made.
Ein Dasein ist eh viel zu lange.
Warum seid ihr denn bloß so bange?

Es kann doch nur noch besser werden.
Was war das für ein Stress auf Erden.
Habt gelitten und gestrampelt,
Und Ruhe jetzt, das sage ich –
Ihr habt genug herumgehampelt.

Ein Trennungsgedicht

(Es beinhaltet Regen und eine Jacke)

Es ist ein Regen im Oktober, der Tee ist kalt,
wir trinken nicht.
Du räusperst dich und fragst sehr heiser: Von
wo kommt nur das blaue Licht?
Der Durst ist nicht mit Tee zu stillen, wir sitzen
fern – dazwischen leer.
Da könnte man nicht drüber schwimmen,
wir sind uns keine Insel mehr

Zwanzig Jahre wie vergessen, geschmolzen jetzt
an diesem Tag,
beim stummen Starren in die Tassen, du sagst,
du weißt, dass ich dich mag.
Wir haben stundenlang geredet, auf jenem
Stuhl, an einer Wand,
am Tisch, den ich auf einem Speicher in
Frankreich in den Ferien fand.
Du hast gesagt, dass du mir fern bist, und deine
Finger zuckten dann

Und klar ist doch, dass ich dich gernhab, doch
dass mir das lang nicht mehr langt.
Ich weiß, ich hab dich auch sehr gerne, sag ich
und du:
es ist doch nichts, nur abends deine Hand zu
halten,
Das hält ein Mann wie ich nicht aus.
Ich nicke dann und sage leise: Mach, wenn du
gehst, das Licht nicht aus.

Das Foto an der Wand da drüben, da lachen wir
noch Hand in Hand
Da hat es wirklich unsre Liebe nun weggespült,
wie jenen Sand
Nach tausendmal zusammen schlafen, nach
Grippe und nach Streitereien, da ist die Liebe
wohl verschwunden, was wippst du so – mit
deinem Bein.
Dann tropfte da draußen nicht mal Regen,
und drinnen stand die Welt sehr still.
Du sagst: Ich pack dann mal zusammen, ich
brauch ja erst einmal nicht so viel.

Der Tee ist kalt, du gehst nach oben, die Treppe
stöhnt, ach dein Gewicht
Ich sitz am Tisch und ich sag leise:
Vergiss nur deine Jacke nicht.

Du sagst: dann werd ich also gehen. Ich sag,
machs gut, dann bist du weg.
Ich starre dann noch Stunden später auf diesen,
von dir leeren Fleck.
Und wasch die Tassen, spül die Teller, ich
creme mich ein, der Schrank ist leer.
Da steh ich nun die nächsten Jahre,
bewegen kann ich mich nicht mehr.

Der blaue Abend im Oktober, der Mond durch
diesen Baum am Haus
Da nahmst du diese graue Tasche, und zogst aus
unsrem Leben aus.
Der blaue Abend im Oktober, vielleicht war da
noch etwas Licht.
Die Welt war still und sie sagt leise:
Vergiss nur deine Jacke nicht.

Ein Firmenparty-Gedicht

(Es beinhaltet Elend)

Der Chef lädt ein, und keiner wagt zu fehlen.
Da mögen sie auch müde sein.
Am Morgen würden sie gerne weinen
nachts schlafen sie so lang nicht ein.
Dazwischen sitzen sie in ihren Häusern und
wissen doch nicht, was sie tun.
Sie müssen ja das Bett bezahlen, in dem sie in
der Nacht schlecht ruhn.
Sie würden lieber sterben, als zu tanzen,
bis sie zur Ohnmacht trunken sind.
Doch sagen sie: Ich liebe meine Arbeit, weil ich
darin Erfüllung find,
Und Firmenpartys sind für mich das Beste, was
so in einem Jahr geschieht.
Dann kommen sie sehr spät nach Hause und
weinen,
verborgen, wo es keiner sieht.

Ein Gedicht für Klaus

(Es geht nicht gut aus)

Um sieben am Morgen
Bitterer Kaffee, Nieselregen.
Gelbe Kreise um Laternen. So kalt die Haut und
 raus,
schnell, lauf schnell, nach links geschaut, nach
 rechts,
so grau am Morgen, kalt am Morgen,
gelb am Morgen,
 allein unter Fremden,
 da läuft der Klaus.
In ein Büro, mit Neonlicht, Linoleum, die
 Schritte quietschen, kleine Schreie.
Arbeiten, Ordnen, Ablegen, Sortieren,
 Wegwerfen,
brauchen tut das keiner, wollen tut das keiner,
die Stunden um und weg und solche Angst vor
 morgen,
übermorgen,
allein unter Fremden und da, da sitzt der Klaus.
Zu Hause am Küchentisch, Linoleum und
 Neonlicht,

klingt wie Uhren ticken, ein paar Stunden
noch leben, was, bitte wie, Katzen im Hof,
ausgestopft,
Baum im Hof, ausgestopft, die Dunkelheit wie
Öl auf der Stadt, das Bett so kalt, die Uhr so
laut,
im Bett unter Fremden
da liegt der Klaus.
Ein freier Tag, ein leerer Tag, die Straßen, die
Häuser tot,
das Leben klein, das Licht zu hell, die Angst so
groß, allein, allein in der Stadt an einem Tag
wie feuchte Watte,
in der Bahn, in der Straße immer unter
Fremden und
ein Schritt nach vorne,
schau da,
da springt der Klaus

Ein Pyromanengedicht

(Es beinhaltet Feuer)

Da brennt das Holz mit hellem Licht,
Und du löschst einfach Leben aus.
Du fühlst hier deine Schwäche nicht
Und dass es dich zu nichts mehr braucht,
Wenn einsam hier des Försters Haus
in einer Explosion verraucht.
Wie schön es ist, die Macht zu haben,
Denn das Gefühl ist unvertraut.
Die Welt, die dreht sich ohne dich
Und hat längst Neues aufgebaut:
Vom Mensch befreite Brachgelände,
wo nur mehr kleine Drohnen fliegen,
Hab keine Angst und zünd was an
Und bleib danach ganz einfach liegen.

Ein Pflegepersonalgedicht

(zu matt zum Klatschen)

Sie müssen jetzt nicht lange klagen,
Ich bin hier für Triage-Fragen.
Ich sehe Ihre Leistungskurve,
Sie ist so flach, wie Sie es sind.
Sie haben weder Geld auf Tasche,
Noch sehe ich ein kleines Kind.
Ein Nachwuchs für die Siegerklasse,
Das sehe ich bei Ihnen nicht.
Wir können die Organe nutzen,
Ich lösche nun das helle Licht.

Ein Servergedicht

(Es beinhaltet die Umarmung der neuen Technik)

Wir werden leben –
na ja, leben –
wenn der Regen kommt und die Kälte,
wenn die Hitze die Bäume verbrennt,
werden wir hier sein,
wenn ihr –
auf der Suche nach der besseren Welt –
unterwegs seid,
werden wir noch hier sein,
bewachend, was noch atmet,
und
hier sein,
wenn endlich Ruhe herrscht.
Wenn die Server lachen und die Geräte.
Frieden haben –

Ein Außenseitergedicht

(Es beinhaltet Trauer)

Solche Angst vor jedem Tag,
wo einen wieder keiner mag.
Und keiner redet, keiner lacht,
was hatte ich nur falsch gemacht?
Ich hatte Augen, Ohren, Hände,
sie sahn vielleicht wie Tatzen aus, doch
fühlte ich sie so wie alle –
schlug man mich, kam da Rotes raus,
Diese goldenen letzten Jahre,
die uns noch bleiben bis zum Schluss.
Wir werden sie entspannt genießen,
wenn es denn schon seien muss.

Wenn ich mit anderen Menschen war,
dann war die Sache klirrend klar –
Sie hassen mich, sehr ohne Grund,
vielleicht warn sie auch zu gesund,
um Elend neben sich zu sehn.
Ich konnte dann nur zügig gehen
und mich irgendwo verstecken
unter dicken schweren Decken.
Diese goldenen letzten Jahre,
die uns noch bleiben bis zum Schluss.
Wir werden sie entspannt genießen,
wenn es denn schon seien muss.

Sie mögen nie, was anders scheint,
darin sind Menschen sehr vereint.
Das schlagen sie auch gerne tot,
danach noch schnell ein Käsebrot.
Besser, man gehört dazu,
dann hat man immer seine Ruh,
und kann auf Fragen freundlich sagen:
Ich bin normal, verstehen sie, und weil ich so
sensibel bin,
kann ich doch Krankes kaum ertragen

Ein Abschiedsgedicht

(Es spielt in einem Krankenhaus)

Da sind Sie wohl zu spät gekommen:
Das Bett ist leer, die Mutter tot.
Sie liegt erkaltet schon im Keller,
doch vielleicht klebt sie auch noch hier,
da oben an der Decke maybe –
sie starb heut Morgen gegen vier.
Sie hat sehr grauenhaft gelitten,
so einsam kalt verlassen hier –
sie hat nach Ihnen noch gerufen
der Name fiel ihr nicht mehr ein –
wir lassen Sie jetzt kurz alleine
Sie müssen stark betroffen sein

Selbst wenn Sie jetzt nicht daran glauben,
die Welt, die wird sich weiterdrehn.
Es wird bald wieder Frühling werden,
als sei der Tod und dieses Grauen
ganz einfach nie und nicht geschehn,
als habe diese eine Leiche
niemals geweint, geliebt, gelacht –
als wäre sie nie da gewesen,
als hätten alle ihre Jahre – ihr Sein – ganz
einfach
nichts gemacht

Ein Urlaubsgedicht

(Es beinhaltet Herrn Meier)

Sie sehen hier den Alfred Meier
hat jeden Tag die gleiche Leier:
Er steht um 8 in seinem Laden,
verkauft an Angler alte Maden.
Nach Hause geht er in der Nacht –
dort wird noch schnell ein Brot gemacht.
Das isst er auf und schaut gen Himmel
und denkt sich: hab ich einen Fimmel?
Die Arbeit mach ich, um zu leben
doch Leben kann's so keines geben
Und müde liegt der Meier dann
schaut in der Nacht die Tränen an,
die aus seinen Augen fallen
und kann auch leise nur noch lallen –
lieber Gott, ich bitt dich sehr
gib mir schnell mehr Freizeit her.
Der Gott ist grade Urlaub machen
und kümmert sich um andre Sachen –
Tieftraurig schläft der Meier ein
im Traum da kann er Playboy sein.
Dann wacht er auf und es ist grau

dem Meier wird schon morgens flau.
Doch am Wochenende dann,
wenn der Meier leben kann –
liegt er im Bett und ihm ist kalt
er spürt, nun wird er langsam alt.
Kann sich kein anderes Leben denken
und prüft, an Haken sich zu henken,
er läuft um Häuserblocks herum,
auch das wird ihm recht flott zu dumm.
Er freut sich auf den Montag dann
wo er zu seinen Maden kann.
Dann kommt der Höhepunkt im Jahr
Herr Meier reist nach Sansibar.
Liegt dort im Bett und schwimmt im Meer
das langweilt ihn doch furchtbar sehr.
So wird der Meier immer älter,
die Raucherbeine immer kälter.
Eines Tages ist er tot
mit ihm vorbei die ganze Not.
In seiner Wohnung findet man
sehr viele Fotos irgendwann
da ist der Meier drauf zu sehn
beim um die Häuserblocks Rumgehn,
beim Baden in diversen Meeren,

beim Gähnen in so vielen Sphären.
Die Fotos landen auf dem Müll –
der Meier liegt auch endlich stüll
verwest recht fein und ihm ist klar,
das Leben nur ein Irrtum war.

Ein Menschen-Gedicht

(Es beinhaltet nichts Gescheites)

Wir hätten uns gern gerngehabt,
Mit unsern Körpern und den Händen,
Wir träumten, dass auf Wiesen einst
In naher Nähe wir uns fänden.
Dass wir uns lächelnd einig sind
In diesem kurzen öden Leben,
Dass einer einen andern mag,
Das ist dem Menschen nicht gegeben.
Der Hass ist unsere Leidenschaft,
Er lässt uns fühlen, leben, leiden.

So hoffen wir, dass einst im Grab
Wir einsam und getröstet bleiben.

Da geht nun auch die Sonne unter,
Ein gutes Tagwerk ist gemacht.
Wir streicheln unsre schönen Waffen,
Und Tschüss, Ade, es ist vollbracht.
Den Menschen hält doch nur der Hass wach,
Er lässt ihn in der Welt bestehen.
Doch die wird leider untergehen

In den nun folgenden Sekunden,
Dann ist der Mensch samt Hass verschwunden.

Auch Ihnen, liebes Publikum,
Sag ich: Die Zeit, die ist nun um.
Versuchen Sie, ruhig heimzugehen,
Es wird nichts Furchtbares geschehen.
Ein Loch, wo Ihre Häuser waren,
Der Hass, der lässt uns alle fahren
Auf einen leeren schönen Stern.
Die Menschen dort haben sich gern,
Sie tanzen, küssen, kraulen sich,
Doch ehrlich ist das nicht.
Von großer, großer Traurigkeit,
So eine öde Einigkeit?
Wir müssen hassen, um zu leben,
Auch wenn wir dran zugrunde gehen.
Dann war doch dieses kleine Leben –
mit Hass
lebendig und auch schön!

Ein Abschiedsgedicht

(dieses aber definitiv)

Da dacht ich doch, in Todesnähe
wär eine stete stille Nacht,
das Licht, der Tunnel, und ich sähe
den Sinn sehr schnell mit aller Macht.
Doch der will sich nicht offenbaren,
in Körpersaft und Angstgestank.
Was bleibt, ist große, leere Nacht.
Der Anfang eures Endes nun,
haltet still, wir haben zu tun,
zugleich an tausend Orten jetzt
wird der alte Mensch gehetzt,
verschnürt, verpackt und ruhiggestellt,
spürt ihr, wie leicht ist unsere Welt,
wie seufzend sie nun innehält?
Sich schüttelt und befreit, vom alten Geist, dem
ew'gen Leid,
Dem alten Geist, dem ew'gen Leid.

Ein Hoffnungsgedicht

**(Es beinhaltet Versprechen,
die sicher gebrochen werden)**

Ich schau dich an, du bist für immer, bist der,
der ständig bei mir bleibt.
Du wirst auf meinem Kissen wohnen, selbst
wenn es alt ist, irgendwann, und reibt.
Du wirst mich halten, wenn mir angst ist, und
ich dich auch, ich schwör es dir
Die Welt, die kann uns gernehaben, bin ich bei
dir und du mit mir.

Man kann im Irrsinn nicht bestehen, wenn man
nicht einen Menschen hat
Den einzigen, der niemals geht,
auch wenn man schlechte Dinge macht.
Du kannst ruhig schwitzen, schnarchen,
spucken, du kannst sehr klein sein und
gemein –
Was ich dir heute hier verspreche: ich lasse dich
nie mehr allein.

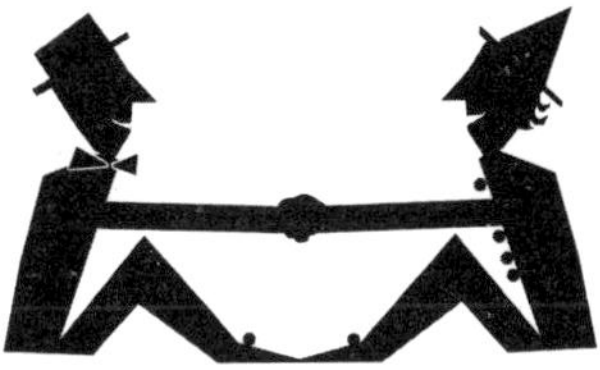

Es wird noch gelbe Tage geben, mit Regen früh
vom Morgen an
Wir werden uns beim Gähnen sehen, und
fragen, ob nicht mehr sein kann.
Was hat es mehr als einen andern, den man
nicht kennt, doch einfach liebt
Weil er das Boot ist und der Hafen, der einen
Sinn im Leben gibt

Bleib ruhig, sei ruhig, hab keine Sorge, weil
dieses uns nun ewig ist.
Es gibt ein Leben nach dem Leben, so sagt es
uns der Happy Christ.
Doch glaube ich – auch im nächsten Leben, als
Wurm, als Hund, als Adventist – Ich werde
wohl vor Glück sehr weinen, wenn du dann
wieder bei mir bist.

Noch ein Paargedicht, denn das wollen wir doch alle – zu zweit sein

(Es beinhaltet keine Wunder)

Ich dachte, diesmal mach ich alles anders.
Ich wollte nicht mehr weinen in der Nacht.
Ich habe dich sehr nett gefunden,
du hast auch immer Blumen mitgebracht.
Ich habe mich für dich entschieden,
weil ich nicht mehr an Wunder glaub.
Ich werde lernen, dich zu lieben,
und kann gut schlafen nun bei Nacht.

Refrain:
Es ist so einfach unser Leben –
ruhig und still vergeht es schnell.
Fragt mich wer, sag ich: Mein Mann ist eben
ist eben einfach sensationell.
Wir können wunderbar zusammen schweigen
Wir können leben wie allein
manchmal stellt sich für ein paar Sekunden so
eine kleine Trauer ein.

Ich sammle mich und schau ins Licht
und an Wunder, an Wunder glaub ich nicht.

Man soll von Liebe nicht zu viel erwarten.
was ist doch alles freundlich nun.
Wir sind so höflich miteinander
und lassen uns so gut in Ruh
was ich auch will, ich kann es tun –
Reichst du mir bitte mal die Butter
wir sollten noch zu deiner Mutter
wann kommst du morgen Abend heim
ich bin so gern mit dir allein.

Du fragst mich nichts, ich will nichts wissen
du riechst recht gut und bist sehr rein
wenn wir zusammen manchmal schlafen, schlaf
  ich dabei auch manchmal ein
Dann lachst du nett am nächsten Morgen,
fragst, soll ich noch was Milch besorgen
meine Freunde magst du gerne
manchmal erklärst du mir die Sterne
dann gähne ich und denk an morgen
nein, wir haben wirklich keine Sorgen

So sind wir langsam alt geworden
Die Freundschaft ist das höchste Gut.
Ich höre deine schweren Schritte in der
Wohnung,
und bekomm mitunter eine leise Wut
Wie du läufst und wie du schaust, und wie du
einen Apfel kaust
Ich würde dich dann gern erschlagen
und glaub, ich kann es kaum ertragen
Doch dann seh ich dir freundlich ins Gesicht
und weiß
Für mich sind Wunder nicht.

Ein Mörderinnengedicht

(Es beinhaltet schon wieder einen Mantel)

Warum willst du lieber sterben, als mit mir zu
sein?
Warum wirst du lieber alt allein?
Ich werd nun langsam meine Augen schließen
und spüren, wie die Welt mich so verlässt
wenn mein Herz dann still und stiller wird
sag, dann hältst du mich doch fest?

Der Asphalt nass, dein Mantel ist zu dünn für
diese dumme Nacht.
Mit Kinderschritten läufst du einsam und –
sag hast du je, nur einmal kurz an mich gedacht?
Du in deinem Bett, und an der Decke gelbe
Schatten.
Du hast so Angst und ich darf nicht zu dir.
Ich weine um die Nähe, die wir niemals hatten –
bis aufs Blut beiß ich die Hand dann mir.

Ich stehe traurig, da im Schutz der Bäume
so furchtbar nah und weit bist du bei mir.
Willst den Mond für dich alleine, mein Herz?

mein kleines dünnes armes Tier
lässt mich verhungern hier in meinem Schmerz.
Wie dein kleiner Mantel bin ich stets bei dir
So rot, so rot, so wie dein Mantel, so wund ist das in mir.

Wie Blut ist er, dein kleiner Mantel, lieg still.
Dass ich dich halten kann, beweg dich nicht.
Allein zu sein mit dir, das ist doch alles, was ich will
Schrei nicht, ist doch kein Mensch in Sicht.
Immer Nacht und du in meinen Armen,
Warum hattest du auch kein Erbarmen.
Und jetzt, jetzt schau, du atmest nicht ...

Ein Meta-Mitarbeiter-Gedicht

(Kann auch auf Alphabet, Spotify, alles mit Cloudkapital angewendet werden)

Da wird mal gar nicht nachgedacht,
was jeder da am Morgen macht,
im Pendlerzug mit Anzug an
Alphablick zum Nebenmann

Die Angst, die lässt den Atem stinken,
gleich werden sie mit Fingern, flinken,
telefonieren, mailen, denken
man muss die Weltgeschicke lenken,
die Firma, die muss reicher werden
drum sind sie hier in großen Herden.
Wenn das nichts wird, dann droht der Strick
die Leibesmitte wird nicht dick –
da wird gejoggt, dagegen an –
Jetzt steigt er aus, der eine Mann.

Refrain

Ein Körper mit viel Köpfen drauf
Man zieht das Ding im Rücken auf
Dann läuft es los und redet viel
da steht ja auch was auf dem Spiel.

Die andern Männer ALLE machen –
Nur darum geht's, um solche Sachen
sie wollen Macht und große Klöten
da geht das Hirn natürlich flöten

Sie nässen ein, die Blase schwach
und legen eine Windel nach
sie sprechen mit Amerika,
die Angst, die ist noch immer da
Was schert mich denn, was morgen ist
Ich kaufe schnell den ganzen Mist
Und endlich mal im Sommer dann –
da macht er blau der Windelmann
Und reist mal flott nach Guadeloupe
mit andern Männern in der Gruppe
die sich emanzipieren wollen
das heißt: nackich am Strand lang tollen
und miteinander morgens schrein
sie wollen wieder Männer sein.
Sich Glied und Muskeln zeigen
und mit Bieren richtig schweigen.
Dann üben sie noch Mütter schlagen
für alles, was sie musst ertragen

Und in der Nacht er kaum noch kann –
dann kriecht er heim, der eine Mann
zwei Fremde in der Bude hocken
die eine rollt gerade Socken.
Ein Kind, ein Frau, noch nie gesehn
mal besser schnell zum Schlafen gehn
und große Angst greift sich den Raum
da kommt auch schon ein übler Traum
Dem Anzug wird im Schlaf glasklar
dass er grad noch ein anderer war
ein andres Haus, ein andre Frau
denn deren Augen waren blau
er schaut sich in dem Spiegel an
nichts, woran er sich erkennen kann.
Da ist kein Merkmal, keine Seele
und dass er keinem Menschen fehle
wenn er sich jetzt den Kopf abtrennt
das wird ihm klar, obwohl er pennt
Er bringt sich um, und er ist viele
die alle sterben in der Nacht
Der Erde wird um vieles leichter
ich glaub sogar, sie hat gelacht

Schlussgedicht

Was kann man denn nur alles wollen,
in einem Dasein wie ein Blitz?
Sie haben sich so sehr verbogen,
gewartet auf den guten Tag,
die große Chance, den schönen Urlaub, den einen Menschen –
zu viel im Kopf, und es war nix,
was ihnen reichte, und das Leben,
das sie nicht mochten, zog vorbei.
Und morgens beim Blick in den Spiegel, da waren die Falten einerlei.
Sie waren traurig und sie sagten: Ich habe alles gut gemacht.
Sie liegen hier und murmeln leise: Wann kommt denn nur die Freiheit nun?
Es kann doch nur noch besser werden –
wir ziehen den Stecker –
und: vollbracht.

Hidden Track

(jetzt aber wirklich fertig)

Hart muss ich werden, um zu wissen,
was zählt, was wichtig ist,
und dann
kann ich der Welt die Antwort geben,
die ist: Ich muss hier überleben.
Muss Sieger sein, mit aller Macht –
nicht angerührt, nicht ausgelacht,
auch nicht bedrängt und kleingemacht.
Ich werde meinen Körper stählen,
fickt euch ins Knie und gute Nacht!

DAS BUCH Es gibt Dinge im Leben, denen man nur mit Reimen begegnen kann. Dem rasanten Verfall von allem, außer einem selbst, dem Menschen, neben dem man jeden Morgen aufwacht. Nieselregen, Neonlicht, Nekrophilie. Sibylle Bergs Gedichte sind Gesänge an die große Sinnlosigkeit. Für die Figuren, die sie bevölkern, gibt es keine Rettung. Und trotzdem kann man nicht genug bekommen von diesen mal bitterbösen, mal mitfühlenden, immer aber furios-witzigen Texten, deren Balladen-Sound gnadenloses Ohrwurmpotenzial hat.

DIE AUTORIN Sibylle Berg lebt in Zürich. Ihr Werk umfasst 27 Theaterstücke, 15 Bücher und wurde in 34 Sprachen übersetzt. Berg ist Herausgeberin von drei Büchern und verfasst Hörspiele und Essays. Sie erhielt diverse Preise und Auszeichnungen, u.a. den Kasseler Literaturpreis für grotesken Humor, den Nestroy-Preis, den Schweizer Buchpreis, den Grand Prix Literatur, den Bertolt-Brecht-Preis und den Johann-Peter-Hebel-Preis. Bei Kiepenheuer & Witsch erschienen zuletzt die Romane »GRM/Brainfuck« (2019) und »RCE« (2022) sowie der Gesprächsband »Nerds retten die Welt« (2020).

MIX
Papier | Fördert gute Waldnutzung
FSC® C083411
FSC www.fsc.org

1. Auflage 2024

Umschlaggestaltung und -motiv © Claus Richter
Vignetten © Claus Richter
Foto der Autorin © Katharina Lütscher
Gesetzt aus der Antique Olive Compact und der Adobe Text
Satz Buch-Werkstatt GmbH, Bad Aibling
Druck und Bindung CPI books GmbH, Leck

ISBN 978-3-462-00648-3

Was tun gegen den aufkommenden Faschismus? Gegen schmelzende Gletscher? Gegen Überwachung und Verknappung des Wohnraums? Wie sich verhalten gegenüber einer Politik des Spaltens und des Herrschens, wie sich wehren gegen Parolen, die den Verstand beleidigen? Sibylle Berg versucht es herauszufinden – im Gespräch mit 16 Ausnahme-Wissenschaftler*innen.

Manchmal gibt es diese historischen Momente, in denen Mauern eingerissen werden, Frauen studieren und wählen dürfen, Rassismus nur noch in einigen Köpfen existiert, Geschlechter keine Rolle mehr spielen, in denen verschwindet, was Menschen hunderte Jahre lang für ein Naturgesetz hielten. »RCE« erzählt von einem davon.